Cuentos de
la Madre Tierra

A Pablo y Simón
R. C.

A Simón, Capucine, Louis, Lola, Joa y Polin
N. y J.-L. V.

Título original: Contes de la Terre Mère
Autores: Rolande Causse, Nane y Jean-Luc Vézinet
Ilustraciones: Amélie Fontaine

Este libro ha sido publicado con la ayuda del Centre National du Livre (Francia)

© Gallimard Jeunesse, 2013
© de la traducción española:
EDITORIAL JUVENTUD, S.A.
Provença, 101 - 08029 Barcelona
info@editorialjuventud.es
www.editorialjuventud.es
Traducción de Raquel Solà,
excepto las moralejas, de T. Farran
Primera edición, 2014
ISBN 978-84-261-4024-1
DL B 15834-2014
Núm. de edición de E. J.: 12.862
Impuls 45, Sant Julià, 104-112
08400 Granollers (Barcelona)
Printed in Spain

**Rolande Causse,
Nane y Jean-Luc Vézinet**

CUENTOS DE
LA MADRE TIERRA

*Ilustraciones
de Amélie Fontaine*

Editorial EJ Juventud

ÍNDICE

Una gota de agua
Cuento amerindio de la Amazonia

Hace muchísimo tiempo, en una tierra lejana, se extendía una exuberante selva atravesada por un largo río. En sus orillas se concentraban grandes garzas blancas, acechadas por unos cocodrilos voraces. En los árboles gigantescos, cubiertos de orquídeas de colores delicados, convivían pájaros y monos. El frondoso suelo ocultaba insectos y serpientes, así como manadas de tapires y pecaríes. El jaguar, siempre presto a devorar sus presas, reinaba como dueño y señor en aquella jungla con fama de inaccesible.

No obstante, un día, unos hombres remontaron el curso del río en piragua y descubrieron aquella región perdida. La caza era abundante y en la superficie de sus aguas bullían ingentes cantidades de peces. Los hombres se dieron cuenta de que en aquel lugar podrían vivir de la caza y de la pesca, y decidieron instalarse. Empezaron a quemar árboles para abrir calveros, y en ellos establecieron su campamento. Luego empezaron a construir chozas para albergarse.

Entonces, los huevos empezaron a caer de los nidos disimulados entre las ramas de los árboles. Los crujidos que hacían los bosques al incendiarse asustaron a los loros que huyeron volando, imitados por los monos aulladores que parecían invitar a todo el reino animal a desconfiar de los hombres. Estos, naturalmente, sabían tender trampas y disparar flechas. Muchos animales perecieron, víctimas de la habilidad de los cazadores.

Sin embargo, poco a poco, los animales supervivientes aprendieron a guardarse de aquellos nuevos depredadores. Las boas y las anacondas se escondían rápidamente entre los helechos arborescentes; al menor ruido, las aves huían y también los reptiles y los roedores. Todos esperaban la noche para cazar y también para saciar su sed en el río.

En la aldea de chozas, se organizaba la vida. Por la noche, hombres, mujeres y niños se reunían alrededor de grandes hogueras en las que cocían sus alimentos. También empezaron a cultivar la tierra, fértil gracias al grueso mantillo del bosque. Pero para hacerlo tuvieron que abrir nuevos calveros quemando sin distinción los bambúes, los majestuosos heveas y las caobas de corteza roja. Pronto, en aquellas tierras fertilizadas por la ceniza de los bosques, aprendieron a cultivar el maíz y la mandioca. Sin embargo, un día, empezó a soplar un viento muy violento. Una hoguera mal apagada por los hombres arrasó el bosque. Apenas tuvieron tiempo de saltar a sus piraguas y, mientras ellos escapaban, los animales, asustados, se refugiaron en un estrecho banco de arena que bordeaba el río. Impotentes, contemplaban el incendio que se propagaba de árbol en árbol y amenazaba con arrasar el bosque entero. Las llamas se elevaban hasta el cielo, donde se mezclaban con gigantescas columnas de humo negro. ¿Cómo poner fin a aquel desastre? Todos temblaban de miedo, incluso el jaguar que, por una vez, desdeñaba las presas fáciles que tenía a su alcance. Los monos araña saltaban, agitando sus inmensos brazos, interpelando a sus vecinos, que temblaban como hojas agitadas por el viento, repitiendo desesperadamente:

—Tenemos que hacer algo... Si nuestro bosque desaparece, estamos condenados a desaparecer, y nosotros también... pero ¿qué podemos hacer? ¿Qué podemos hacer? ¿Qué podemos hacer?

Los pequeños roedores se apretaban unos contra otros dejando escapar gemidos quejumbrosos. Alarmados, los pájaros piaban:

—No podemos hacer nada, estamos perdidos...

En medio de aquella agitación, un minúsculo colibrí no cesaba de ir y venir del río al bosque en llamas. Los animales, intrigados, se pusieron a observarlo. En cada uno de sus viajes, tomaba una gota de agua en su afilado pico e iba a echarla sobre las llamas.

—¡Ya lo entiendo! —dijo de pronto el armadillo—. ¡El colibrí transporta agua para apagar el incendio!

Y todas las bestias se echaron a reír burlándose del pájaro que consideraban ridículo.

El mono aullador soltó:

—¡Serás idiota! ¡No creerás que sofocarás este gigantesco incendio con tus miserables gotas de agua!

—¡Por supuesto que no! —respondió el colibrí—, pero yo por lo menos hago algo.

Y a continuación reemprendió valientemente su trabajo.

Cuando peligra la selva, la humilde acción de un solo pájaro
tiene más valor que el griterío inútil del resto de animales

Maléfico o benéfico
Cuento de la India

Durante muchos años, en una región agostada por el sol, la tierra sometida a una terrible sequía no dio semillas ni plantas.

La hambruna amenazaba a los habitantes de aquella región. Agotados, todos buscaban desesperadamente un pozo, un oasis donde encontrar algo para alimentarse y saciar la sed.

Sin embargo, en el centro de aquel desierto, no lejos de una aldea, crecía un magnífico árbol de exuberante follaje. Nadie sabía quién lo había plantado; se decía que estaba allí desde el principio de los tiempos.

Aquel extraño árbol suscitaba tanto terror como codicia. Estaba provisto de dos enormes ramas que se desplegaban por igual a cada lado del tronco. Entre la frondosidad de sus hojas se ocultaban unos frutos redondos, dorados y perfumados que nadie se atrevía a tocar. Una leyenda decía que una de las dos ramas producía frutos venenosos capaces de provocar la muerte inmediata de quien osase probarlos. La otra rama daba frutos sanos, que podían alimentar a todos los aldeanos de los alrededores. Pero nadie sabía cuál era la rama portadora de vida y cuál era la rama portadora de muerte. Por lo tanto, se guardaban de recoger los frutos que, buenos o malos, eran exactamente iguales.

Pero, un día, una madre desesperada al ver cómo se debilitaban sus hijos, decidió probar lo que tal vez les salvaría. Al amanecer, se acercó al árbol y osó deleitarse con la delicada pulpa azucarada... ¡y no se murió!

El rumor se extendió rápidamente por todo el pueblo: ¡ahora sabían cómo alimentarse sin peligro! ¡Todos los habitantes se precipitaron a los pies del árbol para atiborrarse de las delicias que les aportarían la vida! Por la noche, celebraron una gran fiesta para celebrar el acontecimiento.

A la mañana siguiente, constataron con alegría que la rama alimenticia estaba de nuevo cubierta de sabrosos frutos y lo mismo sucedió los días siguientes. ¡Por fin se acabó el hambre!

No obstante, la rama de los frutos venenosos poco a poco empezó a suscitar el temor y el odio de todos. Los niños le lanzaban piedras, las mujeres salmodiaban maldiciones en su contra, los hombres la manchaban con escupitajos.

El jefe del pueblo ordenó entonces que la rama peligrosa fuese cortada.

Su anciano padre, demasiado viejo para abandonar su cabaña, intentó disuadirlo:

–¡No lo hagas, te lo ruego! Seguramente esta rama que decís que es perjudicial es necesaria para este árbol. Nuestros ancestros nos enseñaron a respetar el frágil equilibrio de la naturaleza. Te aconsejo que hagas lo mismo.

Pero su hijo no le escuchó y cortó la rama maldita, alentado por los gritos de alegría y los bailes de los habitantes reunidos alrededor del árbol.

De este modo no había riesgo de que los niños se envenenasen: de ahora en adelante podrían vivir tranquilamente.

Pero a la mañana siguiente, una mujer que iba a recoger frutos vio que las hojas del árbol estaban deslucidas y marchitas... Algunas empezaron a caer... Después, los frutos se resecaron y, uno a uno, rodaron por el suelo polvoriento.

Aguardaron, esperando una nueva subida de savia por la rama benefactora. Los aldeanos no abandonaron ni un instante su árbol. Cada uno acechaba el nacimiento de un brote prometedor, pero el ramaje rápidamente se volvió negro y quebradizo.

Tal como había temido el viejo sabio, el árbol, al verse privado de una de sus dos ramas, murió.

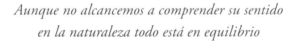

*Aunque no alcancemos a comprender su sentido
en la naturaleza todo está en equilibrio*

La montaña de las flores

Cuento aborigen de Australia

HABÍA UNA VEZ un país muy triste. Tan solo era una gran extensión de tierra abrasada por el sol y barrida por los vientos que levantaban nubes de arena y de polvo.

Algunas tribus nómadas recorrían aquel mundo mineral y tórrido. Debían su supervivencia a los escasos pozos que sus ancestros, tras siglos de andar errando, habían ido descubriendo en el fondo de antiguos valles desecados.

El atardecer aportaba algún respiro a aquellas tribus. La noche proporcionaba un poco de frescor y el viento se calmaba. Entonces, hombres y mujeres se arrebujaban unos contra otros, y el patriarca les contaba las leyendas de los tiempos antiguos.

Contaban estas que, en el pasado, aquel país había sido un jardín cubierto por un mar de flores. Mariposas de alas tornasoladas las visitaban, las abejas las libaban, y la miel, así como el agua, manaba en abundancia.

Pero los hombres, con su egoísmo y crueldad, habían provocado la cólera del más poderoso hechicero de esos tiempos pasados. Este decidió abandonarlos a su destino y dejó atrás el país para retirarse a la montaña más alta. Apenas hubo partido, todas las flores se marchitaron y se secaron. Los insectos desaparecieron con ellas y los hombres dejaron de saborear la miel.

Sus desgracias no hicieron más que empezar.

Privados de flores, los árboles no dieron ya ni frutos ni semillas. Ninguna planta joven vino a tomar el relevo de las antiguas, que perecieron así sin descendencia, llevándose con su desaparición a los animales que se alimentaban de ellas.

La maldición parecía no tener fin. Las lluvias empezaron también a escasear y tan solo visitaban aquel país por casualidad. Fuentes, arroyos y ríos pronto no fueron más que un recuerdo lejano que también acabó por borrarse. Aquel jardín se convirtió en un árido desierto barrido por tormentas de arena.

Un niño no se cansaba de escuchar esta leyenda que lo había acunado desde su más tierna infancia.

«Ya que la partida del Gran Hechicero hizo desaparecer las flores, cuando yo sea mayor marcharé en su búsqueda para pedirle ayuda», se repetía sin cesar.

Los años transcurrieron y el niño se convirtió en un joven fuerte y robusto. Entonces, una noche, comunicó sus intenciones a su familia y a los miembros de su tribu:

–Mañana partiré en busca de las flores.

Esta declaración provocó risas y burlas en la asamblea.

—¡No te habrás creído estas leyendas! —exclamaron los suyos—. No ves que solo son bonitas palabras para acunar a los niños; todo esto no ha existido jamás.

Tan solo guardaba silencio el patriarca. El joven, sin embargo, estaba completamente decidido a cumplir su sueño. Indiferente a las súplicas de sus padres y a las burlas de los hombres de la tribu, partió al alba. El patriarca le esperaba a la entrada del campamento y le animó con una mirada y una sonrisa. El muchacho dirigió sus pasos hacia donde se ponía el sol, allí donde la leyenda situaba el refugio del Gran Hechicero. Caminó durante días enteros por una tierra roja y agrietada, en medio de un paisaje desolado. Cuando el calor se hacía insoportable, se protegía bajo la sombra de un peñasco, después reemprendía su camino y no volvía a descansar hasta que anochecía.

En ocasiones, erraba durante días enteros antes de encontrar algún pozo donde saciar su sed y hacer provisión de un poco de agua. Cuando el viento soplaba anunciando tormenta, levantando remolinos de arena y amenazando con sepultarlo, tenía que detenerse y buscar refugio.

18

Caminó mucho tiempo por aquel desierto hostil, tanto tiempo que perdió la cuenta de los días y las noches. Sus pies, heridos por las afiladas rocas, sangraban sobre la ardiente arena. A pesar del dolor, el hambre y la sed incesantes, el joven seguía su camino. Por fin, una mañana, la vio. ¡Estaba frente a él: una montaña gigantesca que se alzaba hacia el cielo, con su cumbre perdida entre las nubes! Supo que casi había llegado a su destino. Pero, cuando se acercó a ella, comprendió que le esperaba una tarea insalvable. Las paredes rocosas se alzaban, infranqueables, abruptas y amenazadoras por encima de él.

«¿Cómo encontraré el camino que tomó el Gran Hechicero para llegar a la cumbre?», se dijo.

Caminó alrededor de la montaña, escrutando las rocas con la mayor atención. La tierra estaba cubierta de enormes bloques de piedra desprendidos de las abruptas laderas. Por fin le pareció ver un estrecho sendero de arena que parecía serpentear entre las rocas.

Tomó aquel camino y muy pronto llegó al pie de la montaña. Allí descubrió la entrada a una cavidad y entrevió, en la penumbra, un escalón desgastado y después otro.

Entró en aquel extraño pasaje. Las hendiduras de la roca dejaban que se filtrase un pálido resplandor que guiaba sus pasos. Al caer la noche, fue a parar a un rellano y decidió concederse algunas horas de descanso.

A la mañana siguiente, al despuntar el alba, ¡finalmente vio la escalera! Esculpida en las verticales paredes, serpenteaba alrededor de la montaña. El joven empezó su peligrosa ascensión procurando no mirar al abismo vertiginoso que se abría bajo sus pies. Caía la noche cuando llegó a un nuevo rellano. Escuchó el murmullo de una fuente y descubrió en una concavidad un minúsculo hilillo de agua clara. Bebió largamente para saciar su sed. Después, con las fuerzas recuperadas, quiso volver a retomar la ascensión... ¡Pero la escalera había desaparecido!

Por primera vez desde que abandonó la aldea, sintió que le invadía el desánimo. Sus ojos se llenaron de lágrimas. Entonces, por encima de él, una voz, como el retumbar de un trueno, bramó:

–¿Quién eres y por qué has venido?

Venciendo su miedo, el joven respondió:

–Desde que el Gran Hechicero abandonó mi país, este se ha convertido en un desierto y los hombres han perdido su alegría de vivir. Por ello, yo he venido a suplicarle que nos devuelva las flores.

El Gran Hechicero –puesto que era él–, respondió:

–He visto y apreciado tu valor y tu tenacidad. Has realizado la proeza de llegar hasta mí y mereces una recompensa.

El joven se sintió de repente alzado por los aires y transportado hasta la cumbre, coronada por una vasta llanura recubierta de flores maravillosas. Sus sutiles perfumes, sus delicadas corolas y sus colores tornasolados embriagaban sus sentidos. Ver tanta belleza le hizo llorar de emoción.

–Recoge todas las flores que tus brazos puedan llevar –dijo el Hechicero.

El joven se apresuró a obedecer y tomó los más bellos especímenes, entremezclando pétalos púrpura y ocre, racimos malvas y blancos, relumbrantes ramilletes... Cuando sus brazos estuvieron cargados de mil aromas, de nuevo fue alzado por los aires y depositado suavemente cerca de la fuente.

La voz del Gran Hechicero dijo entonces:

–Lleva estas flores a tu país. Gracias a ti, dejará de ser triste y desolado.

El joven se apresuró a darle las gracias y empezó a descender por la escalera. Sus pies parecían rozar el suelo y llegó sin la menor dificultad a la base de la montaña. Hizo el viaje como en un sueño. Exultante de felicidad, no sentía ni cansancio ni hambre ni sed.

Cuando llegó a su país, fue recibido por un prolongado murmullo de asombro y admiración, al que siguieron gritos de júbilo. El joven caminaba sembrando a su alrededor aquellos miles de flores que se multiplicaban en cuanto tocaban el suelo. El desierto desapareció ante ellas. Bosques y praderas recubrieron la tierra roja y agrietada. Los vientos trajeron de nuevo la lluvia. Fuentes, arroyos y ríos resurgieron de entre las arenas y regresaron los pájaros, las mariposas y las abejas. Los hombres pudieron de nuevo saborear la miel, y la alegría llenó sus corazones.

El país volvió a ser el gran jardín de antaño gracias a un niño que había creído en las leyendas.

El patriarca propuso que el joven se convirtiese en jefe de la tribu y todos aceptaron con entusiasmo.

Si el nuevo elegido fue un sabio, se dice que su pueblo también lo acabó siendo, porque, de hecho, ¿quién se habría atrevido a enfurecer al Gran Hechicero?

Con fe y firmeza pueden vencerse los obstáculos
para restaurar el equilibrio en la Naturaleza

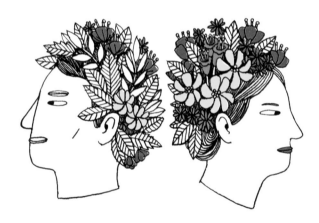

Calabaza, cerbatana y matraca
Cuento arekuna de Venezuela

Érase una vez un joven indio que se llamaba Wowo. Su aldea se encontraba en un pequeño claro situado en el corazón de la jungla. Como todos los hombres, Wowo cazaba para alimentar a los miembros de su tribu. Pero, por desgracia, la mayoría de las veces volvía con las manos vacías, ya que la mala suerte parecía ensañarse con él. También era el hazmerreír de la aldea. En especial, se burlaban de él los maridos de sus tres hermanas, que tenían fama de ser excelentes cazadores.

Un buen día, entre las ramas bajas de un árbol vio unos polluelos en su nido. Deslizó una flecha en su cerbatana, pero cuando estaba a punto de llevársela a la boca les oyó piar.

–Por compasión, no nos mates, te prometemos que no te arrepentirás.

El muchacho bajó su arma, puesto que, de todas formas, no le apetecía matar a aquellas criaturas inofensivas. Entonces le dijeron:

–A los pies del árbol hay una calabaza vacía. Sumérgela en el río. Pero sobre todo procura no llenarla del todo de agua, porque podría traerte desgracias.

Wowo hizo escrupulosamente lo que los pajarillos le habían dicho. Enseguida, el nivel del río empezó a bajar como por arte de magia. De esta forma, el joven no tuvo ninguna dificultad en recoger peces de todos los tamaños, que coleaban en el lecho del río desecado.

Llevó su pesca milagrosa al pueblo. Esperaba las felicitaciones de sus cuñados, pero estos, celosos de su hazaña, le miraron con maldad sin dirigirle ni una palabra.

Cada día, Wowo iba al río con su calabaza y volvía con los brazos llenos de peces, por lo que los tres envidiosos decidieron seguirle para dilucidar el misterio. Así fue como vieron, estupefactos, que el curso de agua desaparecía cuando el joven sumergía en él la calabaza. No tardaron, sin embargo, en recobrar el aliento y se precipitaron sobre su cuñado cuando tomó el camino de regreso, rodeándole amenazadoramente.

–Danos tu calabaza, nosotros también queremos hacer una pesca milagrosa.

–No tengo ningún inconveniente en prestárosla –respondió Wowo–, pero tened la precaución de no llenarla completamente.

No había ni terminado su frase que los tres cuñados compinches ya habían echado a correr hacia el río. Cuando regresaron, no traían ningún pez y estaban cubiertos de moratones.

—Pero ¿qué os ha pasado? –exclamó Wowo.

—Para tener una pesca más abundante, hemos llenado la calabaza hasta el borde, y el río en lugar de vaciarse ha crecido y hemos acabado arrastrados por la furiosa corriente. ¡Además, se ha llevado tu maldita calabaza! ¡Nos hemos librado de un buen trasto!

A la mañana siguiente, mientras caminaba por la orilla en su búsqueda, Wowo vio a los pajarillos que revoloteaban por los árboles de los alrededores.

—No la encontrarás –exclamaron–, pero queremos ayudarte de nuevo. A los pies del árbol, hay una flecha: es mágica. Introdúcela en tu cerbatana, pero sobre todo procura no insertarla completamente, puesto que podría traerte desgracias.

De nuevo Wowo hizo escrupulosamente lo que los pájaros le aconsejaron y enseguida una decena de hermosos patos y ocas bien cebadas cayeron del cielo.

Como la vez anterior, cuando llevó su cacería a la aldea, sus cuñados le lanzaron una mirada de odio, con el corazón lleno de envidia y de celos.

—Has vuelto a utilizar la magia, ¿cómo lo has hecho esta vez? –le preguntaron con voz amenazadora–. Nosotros también queremos tener una buena caza. ¿Qué tienes que decirnos? Venga, te escuchamos.

Wowo les habló de su flecha y de nuevo no tuvo inconveniente alguno en prestar su regalo.

—Procurad no insertarla del todo –previno–, puesto que podría ocurrir una catástrofe más grande aún.

Durante un tiempo, los tres envidiosos respetaron estas recomendaciones. Pero no pudieron resistir la tentación de llevar cada día más piezas de pluma, y, un día, la codicia fue más fuerte que ellos. Deslizaron la flecha hasta el fondo de la cerbatana, y al acto, águilas y buitres de picos curvos y garras afiladas se precipitaron sobre ellos. Se salvaron gracias a una huida enloquecida a través del bosque. Cuando Wowo les vio entrar en el poblado, llenos de arañazos y despellejados, comprendió sin dificultad lo que había sucedido. Se apresuró a partir en busca de su flecha mágica, pero, a pesar de todos sus esfuerzos, no consiguió recuperarla. Iba a renunciar, cuando escuchó un familiar murmullo de alas entre el ramaje.

—Te ayudaremos una vez más –dijeron los pajarillos–, pero esta vez será la última. A los pies de este árbol descubrirás una carraca, también mágica. Pero sobre todo presta mucha atención. No la hagas sonar más de una vez, sino sucederá una gran desgracia. El muchacho obedeció escrupulosamente. Entonces, de la espesura del bosque surgieron ciervos, pecaríes y tapires, que fueron a echarse a sus pies. Wowo tuvo que hacer varios viajes para llevar el producto de su caza al pueblo. Sus cuñados comprendieron enseguida que había utilizado un nuevo objeto mágico y, amenazándole, exigieron que se lo prestase. El joven cazador no quería confiarles su carraca, pero ¿qué podía hacer él contra tres hombres fuertes dispuestos a todo? Así pues terminó por ceder e hizo jurarles que no harían sonar el instrumento más de una vez.

Durante todo un largo mes, los tres hombres respetaron el pacto. Iban a cazar varias veces al día trayendo consigo más caza de la que era preciso para alimentar al poblado durante una semana. Ya solamente comían los mejores bocados de carne y tiraban el resto a los caimanes del río. Pero, aun así, esta situación terminó por no satisfacer a los tres seres ávidos y se plantearon una pregunta:

–¿Por qué Wowo no quiere que hagamos girar más de una vez la carraca? Sin duda será porque no quiere compartir las delicias que deben de aparecer si lo haces.

Entonces cometieron un acto irreparable. Enseguida salieron animales de la espesura, pero no era la caza esperada, sino las bestias más feroces de la jungla: jaguares, pumas, caimanes, serpientes enormes. Estos predadores hambrientos se lanzaron sobre los tres hombres, los despedazaron y los devoraron.

Al llegar la noche y al ver que no regresaban, Wowo partió en su búsqueda. No encontró más que algunos huesos dispersos alrededor de su carraca. Desde aquel día, nadie se atrevió a tocar la carraca. Él siguió utilizándola pero sin abusar jamás de ella. Cuentan que aún está en la familia de Wowo, quien le da siempre el mejor uso.

Por querer demasiado, todo lo perdieron.
En magia también, prudencia es virtud

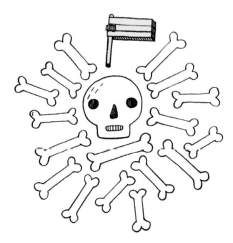

El gran diluvio

Cuento indio del valle de Yellowstone, América del Norte

En los albores de la Tierra, en los inicios de los inicios, el Gran Jefe de arriba –el Gran Espíritu–, decidió crear el mundo. Hizo las montañas, las llanuras, los bosques y las praderas, y después las pobló de animales. Le dio a cada uno un nombre. Cuando terminó su obra, volvió a su mansión del cielo y dejó que se multiplicasen en la superficie de la Tierra. Y pasó el tiempo…

Un día descendió entre ellos, les pidió que se reuniesen y les dijo:

–Vuelvo entre vosotros porque mi tarea no ha terminado del todo. Todavía he de crear a los que cuidarán de vosotros…: los hombres.

El Gran Espíritu, después de pronunciar estas palabras, se retiró y se puso manos a la obra. Cuando hubo terminado, declaró a estas nuevas criaturas:

–Los animales son vuestros amigos, la Tierra les pertenece tanto como a vosotros, y debéis aprender a compartirla con ellos. Protegedlos. En contrapartida, ellos os proveerán de alimentos y vestido. Os pido que respetéis especialmente al bisonte, puesto que este animal aún os ofrecerá más: con su carne podréis alimentar a toda una tribu. Con su piel, confeccionaréis vuestros tipis, os protegerá de la lluvia, de los veranos ardientes y los rigores del invierno. ¡Que así sea! No olvidéis mis palabras. Y tras pronunciarlas, el Gran Espíritu desapareció.

Transcurrieron años y más años, y los hombres respetaron esas recomendaciones. Vivieron en armonía con los animales y el mundo que les rodeaba. En el valle de Yellowstone, un hombre lleno de sabiduría cuidaba de su tribu. Este jefe se llamaba Oso Moteado. El bisonte, tal como el Gran Espíritu había prometido, satisfacía la mayor parte de sus necesidades. Cuando los cazadores se veían obligados a matar una de estas imponentes bestias, este pueblo nunca dejaba de darle las gracias. Pero un día, llegaron otros hombres a este territorio. Ya no consideraron a los animales como hermanos y no supieron compartir la tierra. Talaron los árboles del bosque, incendiaron el sotobosque, mataron simplemente para distraerse. Las aves desaparecieron del cielo, los peces de los lagos y los ríos. Los esqueletos de los bisontes yacían en la llanura secándose al sol. El Gran Espíritu, con la mirada llena de tristeza, contemplaba aquel desastre. No comprendía el placer que parecían experimentar aquellos que sumergían a la Tierra en la desolación. Entonces, decidió desencadenar los elementos. Hizo que cayera sobre la Tierra una lluvia torrencial, un diluvio que lavara sus plagas

y la librara de la presencia de los hombres. Día y noche, las aguas cayeron del cielo. Los ríos salieron de sus cauces e inundaron los valles, obligando a los hombres a abandonarlos y a refugiarse en las colinas.

Oso Moteado reunió a los suyos y les habló con suma gravedad:

—El Gran Espíritu nos dijo: con el bisonte jamás os faltará de nada, os protegerá de la lluvia, de los veranos ardientes y del rigor del invierno. Pero el bisonte ha desaparecido… Si queremos sobrevivir, debemos volver a encontrarlo y vivir en paz con la naturaleza. Es nuestra única oportunidad.

Entonces los jóvenes de la tribu partieron en busca del bisonte. Bajo la lluvia torrencial, cuando encontraban animales amenazados por la crecida del río, los conducían a lugar seguro. La subida de las aguas continuaba inexorablemente. Los hombres tuvieron que abandonar las colinas para refugiarse en las montañas. Un pequeño grupo de jóvenes consiguió regresar con noticias:

—Encontramos bisontes, un gran macho blanco acompañado de una hembra y su pequeño. Iban a refugiarse en la montaña, pero el suelo empapado cedió bajo su paso. La madre y el pequeño consiguieron evitar la caída y se salvaron. Pero el padre, que cerraba la marcha, fue arrastrado hacia el precipicio por el derrumbamiento. Murió. Nosotros lo descuartizamos. Hemos traído su piel —dijeron ellos desenrollándola.

Era de una blancura inmaculada y parecía inmensa. La contemplaron sumidos en un profundo silencio. Oso Moteado entonces tomó la palabra:

—El agua se ha llevado a demasiada gente, pero el respeto que le debemos a la Tierra renace. Estos valientes han traído lo que nos va a salvar: la piel del gran bisonte blanco.

El gran jefe se apresuró a darle la vuelta. Se puso a restregarla, como si quisiera curtirla. El cuero húmedo se dejaba estirar con facilidad. El jefe pidió ayuda. Los hombres se pusieron a tensar la piel mientras él seguía alisándola. Se estiraba con facilidad. Cuando fue lo suficientemente grande, Oso Moteado cubrió con ella todo el campamento. Los supervivientes se apresuraron a refugiarse debajo de ella.

Cada día, a pesar de la lluvia incesante, trabajaron la piel sin descanso. Pronto fue tan grande como todo el valle de Yellowstone. Oso Moteado entonces fijó sólidamente las esquinas en los cuatro picos más altos de las montañas circundantes… Seguía lloviendo, pero el valle ya estaba protegido por esta gigantesca tienda. Poco a poco, las aguas descendieron y los ríos volvieron a sus cauces. Los animales fueron allí a resguardarse y los hombres los acogieron de nuevo como hermanos. Pero, bajo el peso del agua que se acumulaba, la piel del bisonte se combaba peligrosamente. Oleadas sucesivas de pesadas nubes negras seguían barriendo el cielo. Era preciso hacer algo.

Oso Moteado corrió hacia la cima y se enfrentó a los elementos desencadenados. Levantó la esquina de la piel que estaba fijada en ella. El viento penetró en la piel y la hinchó como una vela, lo que permitió que se vaciara. Ahora el valle estaba recubierto por una gran cúpula blanca. Era tan alta que ya no ocultaba la superficie del suelo y el Gran Espíritu pudo ver que la paz había vuelto entre los hombres y la Tierra. Entonces la lluvia cesó. El cielo se libró de sus nubes. El sol brilló de nuevo y sus rayos iluminaron la cima de la cúpula. Centellearon las gotas de agua que la recubrían originando un gran resplandor de rayos de colores en los que el violeta, el azul y el verde se mezclaban con el amarillo, el naranja y el rojo. Bajo la acción del calor, la piel del gran bisonte blanco empezó a encogerse y hacerse cada vez más pequeña. Tan solo quedó un gran arco multicolor que se extendía por encima de las montañas e iba a parar al valle. Y así fue como apareció el primer arco iris, fruto de la reconciliación del Hombre con el Mundo que le rodea.

El respeto del hombre hacia los animales
es inseparable del respeto de los hombres entre ellos mismos

La malicia de los animales

Cuento francés de la Picardía

CUENTAN QUE EN OTRO TIEMPO existía un cazador temible. Recorría sin tregua todos los bosques de su región para acechar su caza. Tan hábil como rápido, nunca le faltaban presas. Perdices, liebres, ciervos, jabalíes, osos, lobos, águilas e incluso leones, todos, pequeños y grandes, temblaban cuando se acercaba.

Una noche, para intentar poner fin a la carnicería que diezmaba a sus familias, los animales se reunieron en el corazón del bosque, en un claro, para celebrar un consejo entre el mayor de los secretos. El jabalí, proclamado rey de la selva en ausencia del león, gravemente herido por el cazador, tomó la palabra:

–Este hombre es peligroso: caza no solo para alimentarse sino por el placer de matar. ¡Además, al parecer diseca nuestras cabezas para hacer trofeos ridículos que vende a precio de oro a sus semejantes! Es preciso que nos libremos de él. Tenemos que tenderle una trampa.

Todos los animales estuvieron de acuerdo y tramaron una estratagema. Convinieron que uno de ellos se expondría a las balas del cazador. Ocultos entre la maleza, los demás se precipitarían sobre él cuando dejase en el suelo su arma y se acercase a su víctima. Pero ningún animal quiso ofrecerse voluntario para enfrentarse al fusil del cazador. Entre un gran silencio, cada uno de ellos miraba a su vecino, esperando que alguno se ofreciese.

–Bueno –dijo el jabalí, que se tomaba su cargo muy en serio–, ya que nadie se presenta voluntario, debo sacrificarme. Tengo la piel tan dura que una bala apenas me hará daño.

Y así se hizo. Tal como esperaba, el jabalí solo resultó ligeramente herido. Cuando el cazador se aproximó a su víctima, que se hacía el muerto, fue asaltado por una horda de animales furiosos que, a golpe de garras, mordiscos, picotazos y coces, le hicieron pasar de vivo a difunto.

–¡Nos hemos librado de nuestro enemigo! –exclamaron al unísono liebres, perdices, zorros, ciervos y lobos.

Entonces el oso tomó la palabra:

–Amigos míos, obremos como criaturas civilizadas: debemos dar al cazador el tributo que merece todo difunto de su especie. Organicemos sus funerales.

Sin tardar, la garduña y el topo cavaron una fosa en el claro, mientras el oso derribaba un hermoso roble para hacer un ataúd, con la ayuda del talento de los castores.

Cuando todo estuvo preparado, la comitiva se puso en marcha. El zorro iba a la cabeza, fingiendo rezar como un cura con su misal. El oso y el lobo transportaban el ataúd, seguidos del ciervo, que lloraba a lágrima viva. Los demás animales seguían el cortejo fúnebre con cara triste. El zorro pronunció un sermón que emocionó a todos los reunidos. Después los pájaros transportaron en su pico flores del campo que depositaron sobre la tumba.

La ceremonia terminó y todos regresaron a sus casas. Cuando la garduña y el topo cerraban el ataúd, escucharon un fuerte grito.

–¡No, piedad! ¡Deteneos! ¡No me matéis! ¡No me enterréis! ¡Jamás os volveré a hacer daño!

–¿Por qué gritas de esta manera? –dijo la mujer del cazador, que dormía a su lado–. Sin duda has tenido una pesadilla...

–No, uf... sí..., ¡creía que me había llegado la hora! ¡Todos los animales del bosque iban a enterrarme!

Aquella misma mañana, el hombre rompió su fusil y ya nunca más volvió a cazar.

Y así fue cómo, gracias a un sueño, los animales vivieron por fin en paz.

Contra la barbarie del hombre, toda la naturaleza se alía.
Quien siembra destrucción y muerte, cosechará pesadillas

El árbol de la lluvia
Según un cuento colombiano del desierto de Guajira, Colombia

Desde los albores del tiempo, en el corazón del desierto, se ocultaba un poblado. Todos los pozos se habían secado. Tan solo un hoyo de agua lejano y lleno de piedras impedía que los habitantes muriesen de sed.

Todas las mañanas, una niña llamada María llevaba a pacer unas pocas cabras magras que pertenecían a su familia. Estos ágiles animales saltaban entre los arbustos espinosos y se alimentaban de hojas secas. Por la noche, las reunía para encerrarlas en una cabaña que hacía las veces de redil. Durante el día, su madre preparaba las comidas, se ocupaba de las aves de corral, lavaba la ropa y tejía. Sus hermanas más jóvenes recogían ramitas y palos de madera para alimentar el fuego sobre el que cocían los alimentos. También se ocupaban de la pesada tarea de ir a buscar agua a ese único pozo tan alejado de la casa. Antaño, sus antepasados lo habían cavado en medio de un desprendimiento de tierras. El padre y los demás aldeanos lo mantenían con gran esmero cuando volvían de cazar.

Un día, mientras las cabras descansaban a la sombra de una peña, María se aventuró hasta un circo de rocas. Allí vio que en el centro sobresalía un brote de un verde exuberante.

A la mañana siguiente, tan pronto su madre hubo llenado su calabaza de agua, la niña corrió a regarlo. Le vertió la mitad de su escasa ración. En aquel desierto, donde el calor era asfixiante, era indispensable beber agua. No obstante, cada mañana, María compartía su bebida cotidiana con el arbolillo, que, de este modo, crecía a ojos vista. Y, cada vez que la pastora tenía un momento libre, iba a hablarle, elogiando su belleza y agradeciéndole que creciese tan deprisa.

Pasaron algunas lunas. Pronto la joven pudo admirar un hermoso árbol de ramas robustas, cubiertas con un espeso follaje verde oscuro. Una mañana, quedó sorprendida al ver que cada hoja estaba recubierta de grandes gotas de un líquido transparente. Lo probó y apreció enseguida esa dulce bebida. Entonces se le ocurrió una idea: recogería esa agua providencial. Corrió hasta su casa. Con gran sorpresa de su madre y de sus hermanas, hizo acopio de baldes y calabazas, realizó dos viajes y repartió los recipientes alrededor del árbol bajo el follaje.

A la mañana siguiente, se habían llenado de un agua clara y hermosa. María llamó a su familia para que fueran a ver con sus propios ojos aquel regalo maravilloso. Todos se entusiasmaron. Todos la felicitaron. Pronto todos los aldeanos, al enterarse, se extasiaron y festejaron el árbol de la lluvia.

Desde entonces, abasteció a su familia y a todas las del poblado. Las hermanas de María ya no tenían que ir al pozo lejano. Solamente los animales bebían allí.

Un día, los niños gritaron desesperados. En el circo de piedras ya no estaba el árbol, solo había un profundo hoyo. La joven observó el suelo y descubrió rastros de pasos y surcos que arañaban la tierra. Sin duda eran la marca que habían dejado las raíces al ser arrastradas. La joven las siguió mientras sus hermanas corrían a anunciar la desaparición del árbol. María llegó al poblado vecino. En el centro vio un tronco plantado de forma apresurada, con las ramas rotas, cubiertas de hojas secas. Su árbol se estaba muriendo. Lo más rápido que pudo, la joven fue a contar al jefe de su poblado aquella gran desgracia, rogándole que solucionara la disputa con el jefe del otro poblado.

A la mañana siguiente, durante muchas horas, los dos hombres parlamentaron.

El primero sostenía:

—Esta planta fue descubierta por una joven de nuestro poblado, de modo que el árbol nos pertenece.

El segundo replicaba:

—Admito esta verdad, pero nuestro pueblo se está muriendo. Todos los pozos están agotados. Nos veremos obligados a partir, ya que el agua es indispensable para nuestra supervivencia. Tendremos que andar a través del desierto con los niños, sin esperanza...

Tras parlamentar mucho, se impuso una solución: el árbol sería replantado en el lugar exacto donde había crecido, con la esperanza de que pudiera recuperar su vitalidad. Si así fuese, los dos grupos se abastecerían de agua. El primer día, lo harían los habitantes del poblado de María. El segundo, los del poblado vecino.

La joven pastora estuvo muy contenta de volver a ver su árbol entre el pedregal, allí donde lo había descubierto. Lo cuidó y siguió regándolo todas las mañanas.

Pronto las hojas volvieron a estar cubiertas de grandes gotas brillantes como perlas. El árbol volvió a suministrar el agua indispensable para todos.

María creció y no dejó de ocuparse de él. Cortaba sus ramas superfluas, arrancaba las hojas marchitas, lo cuidaba, lo observaba. Incluso le confiaba sus

secretos, ya que no había nadie allí que pudiera escucharlos... Cuando envejeció, siguió queriéndole.

Más tarde su descendencia pasó a cuidarlo. Generación tras generación, los habitantes compartieron el líquido benefactor y, gracias a él, reinó la paz.

Y si preguntáis con insistencia a sus tatara-tatara-tataranietos, os confesarán que, en alguna parte en el desierto, existe un árbol oculto, un árbol mágico, un árbol de la lluvia...

Juegos de sombras, cantos de pájaros.
Árbol de lluvia, fuente de vida

Los tres hermanos y la herencia
Cuento de las islas de Cabo Verde

SABED QUE A MEDIO CAMINO entre Europa y América, frente a las costas africanas, se encuentran una quincena de islas e islotes de origen volcánico. Son las islas de Cabo Verde.

Reina allí un clima tórrido y sufren frecuentes sequías. Estas condiciones difíciles sin embargo no impidieron que, como en otros lugares, se instalasen hombres en ellas y se enriqueciesen. En una de estas islas vivía precisamente un hombre muy afortunado. Era viudo y tenía tres hijos. Los dos mayores eran robustos y fuertes, fácilmente irascibles y pendencieros; era peligroso enfrentarse a ellos. El benjamín era mucho más joven que sus hermanos. Enfermizo y de constitución enclenque, por el contrario era jovial y tenía un carácter amable.

Un día, el padre murió. Celebraron solemnemente unos grandes funerales dignos de su rango. Esa noche, João –que así se llamaba el benjamín–, agotado por la pena y la emoción, se durmió profundamente. Sus dos hermanos, cuya codicia no era un defecto menor, decidieron aprovechar para repartirse la cuantiosa herencia de su padre. Cuando João se despertó al día siguiente, no tardó en comprender la mala jugada que le habían hecho y reclamó su parte de la herencia a sus hermanos.

–¿Tu parte? ¿Qué parte? –dijeron ellos–. ¿Acaso no te has servido tú primero? Te has sumergido tan profundamente en el sueño que nos has privado de él. Y

ya que nos has impedido dormir por tu culpa, nos hemos repartido lo que has elegido abandonar, o sea, el oro y la plata. ¿No estás de acuerdo, tienes algo que decir? Añadieron los dos astutos compinches, levantándose con aire amenazador.

João prefirió guardar silencio, juzgando más prudente no responder nada.

Pero a sus hermanos les pareció que poseer la mitad de la herencia cada uno era muy poco. Para ellos, como sucede con otra gente, no existía más que la codicia.

Para enriquecerse mucho más y hacer fructificar los bienes que ya parecían más que considerables a los ojos de los habitantes de la isla, decidieron comprar más barcos de pesca. Empezaron a arrasar el mar, utilizando todos los medios posibles para aumentar sus presas: redes, arrastres, aparejos, líneas de múltiples anzuelos, faroles enganchados durante la noche a sus embarcaciones para atraer mejor a los peces deslumbrados por la luz. Una parte del producto de su pesca era vendida a los pescaderos tan pronto la desembarcaban. El excedente se secaba al sol y se ahumaba con fuego de leña para ser conservado.

Las cantidades eran tales que sobrepasaban las necesidades de los habitantes de las islas. Estos dos ávidos individuos también soñaban con poseer otros navíos. Cargados con sus peces, viajaron hacia África, hasta Dakar, donde podrían vender toda su mercancía.

Impulsados por este frenesí sin fin, cometieron un acto imperdonable, un sacrilegio: dejaron de respetar el período de desove durante el cual se reproducen los peces. En efecto, este período era considerado sagrado por la comunidad de pescadores. Mientras duraba, la pesca estaba prohibida, puesto que los pescadores sabían cómo era de necesario para su supervivencia y para su modo de subsistencia.

João, por su parte, dormía el sueño de los justos mientras sus hermanos se esforzaban por acrecentar su fortuna. Sin embargo, se veían obligados a quedarse en puerto cuando los vientos y las tempestades barrían el océano. Fatigados, intentaban entonces descansar un poco, pero siempre en vano. Exasperados al

ver que João dormía siempre tan profundamente, le sacudían para despertarle. Entonces este exclamaba:

–¿De qué os quejáis? Habéis preferido el dinero de nuestro padre al sueño. Al privarme de mi herencia, vosotros os habéis privado de todo descanso.

Los dos hermanos no respondían nada. ¿Qué habrían podido responder? Cuando el tiempo se calmaba, volvían al mar, pero cada vez debían internarse más en alta mar, puesto que habían diezmado los bancos de pesca de la costa. Un día, estos individuos codiciosos, agotados de tanto trabajar sin descanso y sin fuerzas para tenerse en pie, cayeron al agua juntos, al hacer una simple maniobra de atraque. Se fueron a pique porque nunca se habían tomado el tiempo de aprender a nadar.

Y fue así cómo João se encontró al frente de una gran fortuna.

Por lo que cuentan, hizo mucho mejor uso que sus hermanos. Alivió la pena de sus semejantes ofreciéndoles generosamente lo que necesitaban. Y pudieron así seguir pescando todos con prudencia.

Desde entonces, en recuerdo a esta historia, se sigue repitiendo a lo largo de las costas: *Cuidado, é perigoso abusar do mar. O mar da, mas também toma.* Cuidado, es peligroso abusar del mar; el mar da, pero también toma.

No hay que envidiar la suerte de los insaciables:
la Naturaleza los castigará si los juzga culpables

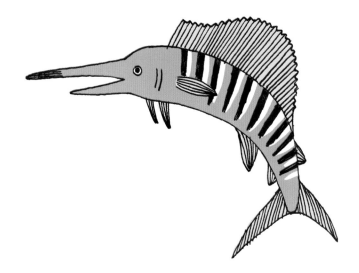

El anciano y el vergel
Cuento del Yemen

NO SE SABE CUÁNDO sucedió... Pero, un día, un hombre enjuto de pelo blanco y arrugas profundas cavaba la tierra sombría. Introducía una planta en un agujero que había cavado y después lo cubría. Con sus manos secas, el campesino apretaba el suelo y se levantaba con dificultad. Con lentitud, daba cinco pasos. Cuando recuperaba el aliento, volvía a ponerse manos a la obra. Apenas oyó los cascos de un caballo que se acercaba, de modo que se sorprendió al escuchar una voz grave que llegó hasta él.

–Buen hombre, pareces muy fatigado. ¿Por qué te empeñas aún en plantar?

El anciano se volvió y reconoció al hijo del rey.

–Príncipe, no puedo dejar de trabajar en el campo –repuso él.

–Pero ¿acaso no ves que te agotas demasiado? ¿Y qué plantas con tanto interés?

–Árboles... y más árboles...

–Pero ¡no te das cuenta de que jamás verás florecer este bosque! A tu edad, tendrías que estar sentado en un banco tomando el sol ante tu casa. Te mereces un tiempo de descanso.

–¿Acaso los pájaros descansan en el aire? ¿Los peces descansan en el río? ¿En el bosque, los ciervos y las serpientes descansan? Para mí, esta plantación es lo que más me importa.

–Respetable anciano, ¿qué árboles estás plantando?

–Albaricoques y almendros, que darán nacimiento a un vergel.

–¡Si te cansas así, jamás llegarás a comer sus frutos!

–¡Qué más da! Mi abuelo y mi padre cultivaban árboles frutales. Yo no hago más que continuar su tarea.

–¿A tu edad, estos arbolillos te son de alguna necesidad?

–No los planto para mí, sino para mis nietos.

–¿Tienen tanta necesidad hasta el punto de que emplees hasta tus últimas fuerzas?

–Príncipe, un día tu abuelo dejó su reino a tu padre. Más adelante, tu padre te lo transmitirá. Cada uno lo ha dirigido, lo ha hecho fructificar con lealtad, dándoles a sus súbditos todo lo que necesitaban. Así, yo también, quiero ofrecer a mis descendientes estos árboles, que a su vez, les procurarán flores y frutos.

–Anciano, ya lo entiendo, quieres legarles un tesoro. Toma, coge esta bolsa de monedas de oro. ¡Te la mereces!

–¡Te lo agradezco mucho, príncipe! Pero esto no impedirá que cada día plante una hilera de árboles.

–Me has mostrado el camino. De ahora en adelante, como tú, cuidaré mis bienes para dejarlos aumentados a mi descendencia y a mi pueblo. Te saludo, venerable anciano.

Y el joven príncipe se alejó. El campesino le dijo adiós con la mano, se puso la bolsa en el bolsillo y retomó su labor.

El anciano planta con tesón:
Valor, sabiduría y legado
son una excelente lección
para el joven príncipe y su reinado